Zusammen
Über das große Glück
der Freundschaft

Ihr persönliches Leseexemplar!

Dieses Buch erscheint am 31. Juli 2024

Bitte nicht vor Erscheinen rezensieren!

Über Ihre Meinung würden wir uns sehr freuen!

info-geschenkverlage@droemer-knaur.de

Zusammen
Über das große Glück
der Freundschaft

Daphne Deckers
Mit Illustrationen von Joey Holthaus

Aus dem Niederländischen
von Stefanie Schäfer

Pattloch

Eines Morgens saß Lev auf der
Treppe vor seinem Haus und
betrachtete den Sonnenaufgang.

An manchen Tagen erhob
sich die Sonne eher
kraftlos aus dem Meer,

an anderen versteckte sie
sich hinter den Wolken.

Heute war der Sonnenaufgang
sehr gut gelungen.

Er war so schön, so feurig, so großartig,
dass Lev ganz vergaß,
sein Butterbrot zu essen.

Er wünschte, es würde jemand
neben ihm sitzen, der sagte:
»Schau mal, der Sonnenaufgang,
wie schön, wie feurig!«

Dann würde Lev antworten:
»Ja, und so großartig.«

Und dann würden sie beide nicken.

Doch stattdessen
betrachtete er
all das Schöne ganz allein
und er fragte sich,
ob es wirklich existierte.

Denn wenn man es mit
niemandem teilen konnte,
woher wusste man dann,
dass man es sich nicht
nur einbildete?

Zwei gelbe Schmetterlinge flatterten vorbei.
Sie tanzten umeinander,
mit dem Wind, auf und ab.

„Guten Morgen,
Schmetterlinge!", sagte Lev.
„Seht ihr, wie schön der
Sonnenaufgang ist?"

Doch die Schmetterlinge
hörten ihn nicht. Sie waren
viel zu sehr miteinander beschäftigt.

Sie flatterten weiter, auf und ab,
bis sie nicht mehr zu sehen waren.

Lev fragte sich, wohin man ging,
wenn man nicht mehr zu sehen war.
Ob die gelben Schmetterlinge
immer noch tanzten?
Und dachten sie vielleicht auch:
Wo ist Lev? Sitzt er immer noch
auf seiner Treppe?

Lev fand, dass das zu viele Fragen
am frühen Morgen waren.
Vielleicht sollte er lieber weiter
das Schöne, das Feurige
und Großartige betrachten.
Und sein Butterbrot essen.

Lev stand auf und ging zum Strand.

Die Sonne strahlte,
die Wellen plätscherten,
eine Möwe kreiste am Himmel.

Als Lev sich setzte, ging der Vogel
in den Sturzflug und landete
genau vor seinen Füßen im Sand.

„Guten Morgen, Möwe",
sagte Lev. „Siehst du, wie schön
der Sonnenaufgang ist?"

Er deutete auf den Horizont,
aber die Möwe hatte nur Augen
für das Butterbrot.

Sie stibitzte Lev das Brot
aus der Hand
und flog damit weg.

Weit kam sie nicht:
Eine andere Möwe stürzte sich auf sie
und machte sich mit dem Butterbrot davon.

Die erste Möwe guckte bedröppelt.

„Du hättest nur zu fragen brauchen", sagte Lev.
„Ich hätte gerne mit dir geteilt."

Die Möwe legte den Kopf schief,
sagte aber nichts.

Lev kratzte sich hinter dem Ohr.

Die Vögel, die Schmetterlinge –
sie antworteten nie.
Ob sie ihn nicht verstanden?
Schließlich verstand er sich
selbst auch nicht immer.

Er hatte oft das Gefühl, dass er
etwas suchte, ohne zu wissen,
was es war. Vielleicht musste er es
erst finden, um zu erkennen,
was ihm fehlte.

Lev stand auf
und klopfte den Sand von sich ab.
Er wollte gerade nach Hause zurückgehen,
als er einen Punkt am Horizont sah.
Er riss die Augen auf.

Ein Punkt war etwas ganz Besonderes.
Solange man nicht wusste, was es genau war,
konnte alles Mögliche daraus werden.

Der Punkt wurde allmählich größer
und Lev erkannte, dass es ein Junge war.

Er hatte die Hosenbeine hochgekrempelt
und stapfte mit nackten Füßen durch die Wellen.

„Hallo!",
rief Lev und winkte.
„Hallo!"

Lev war so neugierig
auf den unerwarteten Besuch,
dass er ihm entgegenging.

„Ich bin Lev", sagte er, als sie sich so nahe waren,
dass sie sich die Hand geben konnten.
„Und ich bin Levi", sagte der andere Junge.

Einen Moment lang standen sie sich
schweigend gegenüber, Lev und Levi.
Lev hatte so viele Fragen.
Ganz große Fragen, aber auch ganz kleine.
Mit welcher sollte er anfangen?

„Woher kommst du?",
fragte Lev schließlich.

„Ich komme von
weit her",
antwortete Levi.

Wie aufregend,
dachte Lev, jemand, der
von weit her kommt.

Er war noch nie
weit weg gewesen.

Er deutete auf die Tasche,
die Levi über der Schulter trug.
„Wo willst du denn hin?"

„Ich suche Freunde", sagte Levi.
„Aber ich weiß nicht genau,
wo ich sie finden kann.
Hast du Freunde?"

Lev wusste nicht, was er sagen sollte. Er hatte keine Freunde und auch keine Ahnung, wo man welche suchen sollte.

„Ich habe etwas zu trinken",
antwortete er also und deutete
auf sein kleines Haus.
„Und ich habe Durst",
entgegnete Levi.

Als sie kurz darauf auf der Treppe vor dem
Haus saßen und ein Glas Apfelsaft tranken,
erzählte Levi, dass er eigentlich in eine
andere Richtung hatte gehen wollen.

„Aber auf einmal habe ich zwei gelbe
Schmetterlinge gesehen,
die so fröhlich umeinander tanzten,
dass ich mich fragte:
Wo die wohl herkommen?
Da beschloss ich, hier entlang zu gehen.“

„Die Schmetterlinge habe ich auch gesehen!",
sagte Lev. „Ich habe mich gefragt, wo sie
wohl hingeflogen sind." „Zu mir", antwortete Levi,
„und ich bin zu dir gegangen." Lev nickte.
Er dachte an die Schmetterlinge.
Vielleicht begriffen sie mehr,
als er gemutmaßt hatte.

Lev und Levi blickten über das Meer.
Die Sonne glitzerte noch auf dem Wasser,
aber es waren auch ein paar
graue Wolken aufgezogen.

„Weißt du, was ich mal
gehört habe?", fragte Lev.
„Dass man sich Freunde
erschaffen kann."

„Erschaffen?", fragte Levi.
„Wie soll das denn gehen?"

Lev bückte sich und nahm eine
Handvoll Sand. „Hiermit vielleicht?"
Levi sah ihn erstaunt an.

„Warum nicht?", sagte Lev.
„Ich habe schon oft große Burgen
aus Sand gebaut. Aber auch
einen Wal. Und einen Delfin.
Also muss man doch auch einen
Freund machen können, oder?"

Levi sprang auf:
„Lass es uns gleich mal ausprobieren!"

Sie rannten zurück zum Strand,
suchten sich eine gute Stelle und
fingen an zu buddeln.

Die Möwe guckte zu,
den Kopf ein wenig zur Seite geneigt.

Zuerst machten sie einen großen,
festen Bauch. Lev fuhr mit den Armen
und Levi mit den Beinen fort.
Zuletzt formten sie den Kopf.

Dafür brauchten sie am längsten,
denn, so sagten sie sich,
im Kopf eines Freundes
steckt alles, was wichtig ist.

Die Sonne verschwand allmählich
hinter den Wolken und ein Wind peitschte
die Wellen auf, aber Lev und Levi
merkten davon nichts.

Sie fanden zwei hübsche Muscheln
für die Augen des Sandmanns und
zum Schluss zeichnete Levi ihm mit dem
Finger ein breites Lächeln ins Gesicht.
„Er sieht fröhlich aus", meinte Lev,
„das ist schon mal ein guter Anfang."

Sie betrachteten ihren neuen Freund von
allen Seiten, sahen dadurch aber zu spät,
dass eine große Welle anrollte. Die Welle rauschte
mit viel Getöse über den Strand.

Die Arme und Beine des Sandmanns
fielen auseinander, sein Bauch brach mittendurch,
und als sich das Wasser zurückzog,
war auch sein Lächeln verschwunden.

„Oje", seufzte Lev,
„das war kein so guter Versuch."
„Finde ich schon",
erwiderte Levi, „denn jetzt
wissen wir mehr."

„Was wissen wir denn?",
fragte Lev, der froh war,
dass er all die großen
und kleinen Fragen
nicht mehr alleine
beantworten musste.

„Dass das nicht der Freund war,
den wir gesucht haben“, antwortete Levi.
„Eine Welle und er ist weg.
Wir bauen uns einen besseren, einen,
der nicht weggespült wird.
Da, hinter deinem Haus, am Waldrand.“

Lev nickte.
„Das machen wir!
Sollen wir ihn
aus Blättern basteln?
Dann ist er
schön weich."

„Lass uns verschiedene Arten von
Blättern nehmen", schlug Levi vor.
„Rote und braune, grüne und gelbe.
Dann wird unser Freund
ein lustiger Kerl."

Lev gefiel die Idee sehr gut.
Wie schön, dachte er,
dass Levi von weit her kommt.
Dort hat man ganz
andere Einfälle.

Sie häuften einen Kopf, zwei Arme und
zwei Beine auf und nahmen den größten Blätterberg
als Bauch. Lachend ließen sich Lev und Levi
abwechselnd in den weichen Blätterbauch fallen.

Der neue Freund war gerade fertig,
als sich der Himmel verdunkelte.
Wind kam auf.

Die Bäume rauschten,
Sand stob hoch.
Lev und Levi mussten sich
die Hände vor die Augen halten.

Als sie wieder sehen konnten, war der
Blättermann völlig durcheinander-
gewirbelt worden.

„Wie schade", seufzte Lev,
„er hatte so etwas Liebes, Weiches."

Levi hob ein Blatt vom Boden auf
und dachte lange nach.
„Vielleicht war er zu weich",
sagte er schließlich.

„Geht das?",
fragte Lev.
„Weich zu sein, ist
doch etwas Gutes?"

„Es ist etwas sehr Gutes",
stimmte Levi ihm zu, „aber ein
bisschen Standfestigkeit braucht
man auch. Damit man nicht
beim ersten Windstoß
weggeweht wird."

Lev dachte an
die gelben Schmetterlinge,
die auf dem Wind
tanzen konnten.

„Weißt du was?", entschied er.
„Wir bauen einen Freund aus Zweigen.
Zweige sind stabil,
lassen sich aber auch biegen."

„Gute Idee!",
fand Levi.

Lev und Levi sammelten
gerade Zweige und krumme,
große Zweige und kleine und sie
flochten die Zweige zu einem
stabilen Freund, dem ein Stoß
nichts anhaben konnte.

Levi wischte sich den Schweiß von der Stirn.
„An dem haben wir lange gearbeitet", sagte er,
„aber es fühlt sich gar nicht lange an.
Wenn ich etwas mit dir zusammen mache,
scheint die Zeit anders zu vergehen."

Lev nickte.
Er hatte gerade genau das Gleiche gedacht.
Und dass die Arbeit schwer gewesen war
und zugleich ganz einfach.

Doch noch bevor er etwas sagen konnte,
donnerte es. Ein lautes Poltern grollte
in den Wolken und ein Blitz
traf den Reisigmann genau ins Herz.
Er fing an zu brennen;
zuckende Flammen leckten am Holz.

Levi war stumm vor Schreck.
Aber Lev sagte geistesgegenwärtig:
„Ich habe noch Würstchen zu Hause.
Soll ich sie holen gehen?"

Lev und Levi saßen zusammen
neben dem brennenden Reisigmann.
Beide hatten ein Würstchen
auf einen Stock gesteckt und
drehten es über dem Feuer.
„Meins ist schon fast fertig", sagte Lev.
„Blitzschnell!", antwortete Levi lachend.

Nach dem Gewitter klarte der
Himmel auf. Die Wolken hatten
sich verzogen und die Sonne war wieder
zum Vorschein gekommen.

„Wir lernen immer mehr darüber,
wie man Freunde erschafft",
stellte Levi fest, „aber wir wissen
offenbar noch lange nicht alles."

Lev zog sein Würstchen aus dem Feuer.
„Glaubst du, dass wir jemals
alles wissen werden?", fragte er. „Denn alles
kommt mir ziemlich viel vor."

„Vielleicht begreift man es nach und nach.
Stück für Stück, bis man alles
beisammen hat", sagte Levi.

Lev biss von seinem
Würstchen ab und dachte nach.

„Ich hab's!", sagte Lev.
Er deutete auf die Möwe,
die auf einem großen Stein saß und
die Würstchen beäugte.
„Wir bauen uns einen Freund
aus Stein. Der hält alles aus."

Levi klatschte in die Hände.
„Das ist die Lösung!
Komm, wir fangen gleich an!"

Den ganzen Nachmittag über schleppten
Lev und Levi große und kleine Steine herbei.
Den großen Felsen, auf dem die Möwe
gesessen hatte, brauchten sie nicht zu bewegen.
Der wurde der Bauch. Sie rollten den Kopf
an die richtige Stelle und formten Arme und
Beine aus verschiedenen Steinen.

„Den haut nichts um", bemerkte Levi.
„Er wird nicht weggespült, weht nicht
davon und kann nicht verbrennen."
Mit ein bisschen Asche vom Reisigmann
zeichnete Lev ein breites Lächeln
auf das Steingesicht.

Die Sonne ging langsam unter.
Lev und Levi lehnten am Bauch
ihres steinernen Freundes.
„Wir haben es geschafft!",
sagten sie zueinander.
„Jetzt wissen wir alles."

Sie waren müde, aber zufrieden.
Sie blickten über das Wasser
zum Himmel, wo die Möwe
nun einen Kameraden gefunden hatte.

Doch nach einer Weile wurde
Levi unruhig. Er rieb sich den Rücken.
„Was ist?", fragte Lev.
„Findest du es doch nicht gemütlich?"
„Ehrlich gesagt nicht", gestand Levi.
„Die Steine sind ziemlich kalt und hart."

Lev bewegte den Hals hin und her. »Du hast recht. Er ist vielleicht stabil, aber er hat kein warmes Herz.«

Eine Zeit lang starrten sie in die Ferne.
„Ich bin froh, dass wir tatsächlich
noch nicht alles wissen", sagte Levi dann.
„Dadurch können wir es morgen
noch einmal versuchen."

Auf der Treppe vor seinem Haus genoss Lev den Sonnenuntergang. Neben ihm saß Levi, der heute Morgen nichts weiter als ein Punkt am Horizont gewesen war.

„Schau mal!", sagte Levi.
„Da sind wieder die gelben Schmetterlinge.
Denen gefällt es hier wohl."

Lev sah ihn lachend an.
„Es hat gedonnert und geblitzt,
gestürmt und geregnet."
„Und trotzdem ist es schön, zusammen
hier zu sein", sagte Levi.
„Sehr schön sogar."

Die beiden Schmetterlinge tanzten
ausgelassen umeinander, in der warmen,
roten Glut der untergehenden Sonne.

Lev und Levi saßen schweigend nebeneinander.
Manchmal brauchte man nichts zu sagen
und wusste trotzdem alles.

„Was für ein Sonnenuntergang!",
sagte Levi schließlich.
„Schau nur, wie schön und feurig!"

„Ja", sagte Lev und nickte,
„einfach großartig."

Impressum

First published as „Vrienden maken" by Fontaine Uitgevers – The Netherlands (2023)

Für die deutsche Ausgabe:
© 2024 Pattloch Verlag.
Ein Imprint der Verlagsgruppe Droemer Knaur GmbH & Co. KG, München

Text: Daphne Deckers
Illustrationen: Joey Holthaus
Übersetzung aus dem Niederländischen: Stefanie Schäfer
Gesamtherstellung: Mohn Media Mohndruck GmbH, Gütersloh

ISBN 978-3-629-01074-2

www.pattloch.de

5 4 3 2 1